AF460917

1913 – Juin 19

VENTE

du Jeudi 19 Juin 1913

HOTEL DROUOT, SALLE N° 12

A DEUX HEURES

ESTAMPES ANCIENNES

DESSINS

BOILLY, CARESME, DEBUCOURT
DEMARTEAU, FRAGONARD, GÉRARD (Mlle)
ISABEY, LAVREINCE, OUDRY, etc.

TABLEAUX

des Ecoles Française, Hollandaise, Italienne et autres

EXPOSITION PUBLIQUE

Le Mercredi 18 Juin 1913, de 2 heures à 6 heures

COMMISSAIRE-PRISEUR :

Me Gaston CHARPENTIER
25, Avenue Trudaine

EXPERTS :

POUR LES ESTAMPES ET DESSINS	POUR LES TABLEAUX
M. Loys DELTEIL	**M. Georges GUILLAUME**
2, Rue des Beaux-Arts	*13, Rue d'Aumale*

C. CHAUFOUR

CONDITIONS DE LA VENTE

La vente sera faite expressément au comptant.

Les acquéreurs paieront *dix pour cent* en sus des enchères.

L'exposition mettant le public à même de se rendre compte de l'état et de la nature des objets mis en vente, aucune réclamation ne sera admise une fois l'adjudication prononcée.

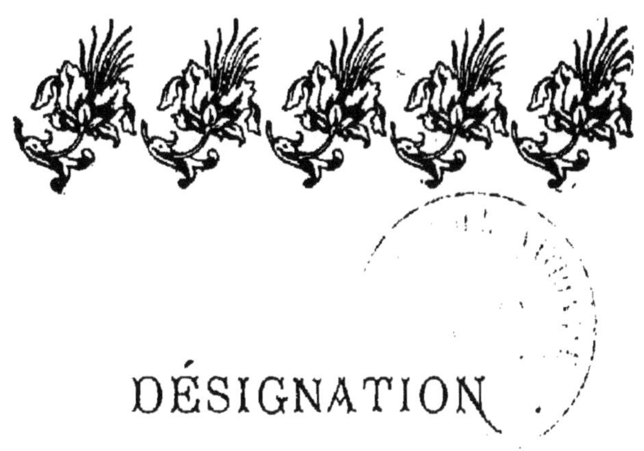

DÉSIGNATION

ESTAMPES

BEHAM (H.-S.). ALDEGRAVER (H.)

1 — Sujets divers. Douze pièces (y compris deux copies).

BOILLY (D'après L.)

2 — L'Amitié filiale. — Le Sommeil de l'Innocence, 2 pl. par G. Texier, se faisant pendants. Bonne épreuve, sans marge sur trois côtés.

3 — L'Amour couronné, par Cazenave. Bonne épreuve, *avant la lettre*.

4 — L'Amour couronné, par Cazenave. Deux épreuves sans marges sur trois côtés, doublées, une *avant la lettre*.

5 — L'Amour couronné. — L'Optique. Epreuves sans marges sur trois côtés, doublées.

6 — Le Cadeau délicat par Tresca. Belle épreuve *imp. en coul.*, sans marges sur trois côtés, doublée.

7 — Le Chien chéri, par Mathias.

8 — La Cocarde nationale par A. Legrand. Les Petits Soldats. — Les Petites Coquettes, par J. M. Gudin, 3 pl., la première *imp. en coul.* (manquent de conservation).

9 — La Leçon d'union conjugale. — Défends-moi. — Le Cadeau. — On la tire aujourd'hui. La Douce résistance. — L'Amitié filiale, 6 pl. par Petit, Texier, Tresca et Bonnefoy.

10 — L'Amour couronné. — L'Optique, par F. Cazenave, 2 pl., se faisant pendants. Bonnes épreuves, *imp. en coul.* avec rehauts, légèrement rognées.

11 — Que ni est-il encore, par Petit. — Nous étions deux, par Vidal. — Prends ce biscuit, par Vidal, 4 pl.

CARESME (D'après Ph.)

12 — Le Réveil du carlin, par Carrée. Belle épreuve.

DEBUCOURT (P.-L.)

13 — L'Heureuse Famille (61). Bonne épreuve du premier état, sans marge sur trois côtés, doublée.

DEBUCOURT-CHARON

14 — Le Soldat Français. — Le Drapeau. — Le Départ du Conscrit. — Le Départ de la Garnison. — La Leçon de Danse, etc., 9 pl. d'après Aubry.

DEMARTEAU

15 — Le Pont, d'après Houel. Belle épreuve, *tirée en sanguine*, doublée.

ECOLES FRANÇAISE ET ANGLAISE

(XVIIIe siècle)

16 — Portrait d'un officier. Belle épreuve, *imp. en coul.*, rognée. Encadrée.

17 — Portrait. Très belle épreuve, *avant toute lettre.*

18 — L'Amusement utile. De forme ovale. Bonne épreuve, *tirée en deux tons*, doublée.

19 — Le Matin, par Regnault. — Cou-cou, par Beljambe, d'après Leroy. — Le Vrai Bonheur par Simonet, d'après Moreau. — La Laitière, par Le Vasseur, d'après Greuze. — L'Amour à l'Espagnole, d'après Le Prince, 5 pl.

20 — Le Secret, par Petit, d'après Garnier. — Je m'occupais de vous, par Vidal, d'après Mlle Gérard. — Hony soit qui mal y pense, par Hubert, etc., 6 pl., *deux avant la lettre.*

21 — Sujets divers, 10 pl. d'après Reynolds, Mallet, Touzé, Aubry, etc.

22 — Sujets divers, 14 pl. d'après Greuze, Mallet, Reynolds, etc.

23 — Sujets divers, 14 pl. d'après Le Prince, Boucher, Fragonard fils, etc.

FRAGONARD (D'après H.)

24 — Le Baiser à la dérobée, par Regnault. Deux épreuves doublées, une sans marges.

25 — La Cachette découverte, par R de Launay. Belle épreuve.

26 — Les Hasards heureux de l'Escarpolette, par N. De Launay. Très rare épreuve à *l'état d'eau-forte*, légèrement rognée, petites cassures, doublée.

27 — Sacrifice de la Rose. — La Résistance inutile. — L'Enfant chéri. — Le Premier pas de l'Enfance. — Le Serment. — La Déclaration, 6 pl. par Vidal, Regnault, Gérard et Bervic.

GARNIER (D'après MICHEL)

28 — Ils sont d'accord, par Mariage. Belle épreuve.

GAUTIER-DAGOTY

29 — Henri IV. — Louis XIII. — Louis XIV. Philippe d'Orléans. — Louis IX, Dauphin. — Stanislas Leckzinski. — Comte de Caylus. — Rameau. — J. Astruc. — F. de Chevert, dix pièces. Belles épreuves.

GÉRARD (D'après Mlle)

30 — Le Triomphe de Minette, par Tassaert. — L'Espoir du Retour, par H. Gérard, 2 pl., sans marges sur trois côtés, doublées.

GOOZ (D'après J.-F. de)

31 — L'Amante éveillée. — L'Amant assoupi, 2 pl. par Pfœnder, 1785. Se faisant pendants. Belles épreuves doublées.

ISABEY (D'après J.-B.)

32 — Le Chat désiré, par L. Copia. Belle épreuve.

LAVREINCE (D'après N.)

33 — Les Apprêts du Ballet, par Tresca (E. B. 4). Belle épreuve *avant la lettre*, filet de marge, doublée.

NAPOLÉON Ier (Estampes relatives à)

34 — Napoléon Ier par Zehcavel, Cazenave et Badoureau, 3 pl., *une imp. en coul.*

OUDRY (D'après J.-B.)

35 — *Fables choisies mises en vers par J. de La Fontaine.* Paris, Valade et Belin, 1783. 2 vol. in-fol., cart., planches (mouillures).

PETIT (Simon)

36 — Lisez le Journal, 16 floréal an II. Très belle épreuve. Rare.

PORTRAITS

37 — Généraux : Lecourbe, Kléber, Bernadotte, Willington, La Rochejacquelin, etc., 10 pl. par Fiesinger, Monsaldi, Lévêque, etc.

38 — Portraits divers, 11 pl. par Alix, Morghen, Colibert, Daullé, etc.

SAUERVEID (d'après A.)

39 — Course de traîneaux à Krasnoï-Babâch. Belle épreuve, *avant toute lettre, coloriée.* Encadrée.

STOTAARD (D'après T.)

40 — *The Tenanto Family*, par C, Knight, 1792, Belle épreuve, doublée.

VANGORP (D'après)

41 — Reviendra-t-il le volage, par Honoré. Belle épreuve.

VUES

42 — Vue de la Neva, du port et de la Bourse de St-Pétersbourg. — Vue de Genève depuis Cologny, par Linck. — Vue de la place et du grand spectacle de St-Pétersbourg. — Im Prater, par Hamelt. Environs de Moscou, 5 pl. in-fol. *imp. en couleurs ou coloriées.*

DESSINS

BOILLY (L.)

43 — Scènes Familiales, deux dessins au crayon, de forme ovale. Encadrés.

COURTOIS

44 — Bustes de femme et d'homme, cinq dessins à la sanguine, *signés* et datés : 1792 à 1795.

DAVID (Ecole de Louis)

45 — Scènes d'Histoire et Allégories, treize dessins par Meynier, Taillasson, Garnier, Laffitte.

ECOLES ANCIENNES

46 — Sujets religieux et divers, huit dessins par ou attribués à Cangiage, G. de Lanèse, Mola, etc.

47 — Sujets divers, paysages, etc., neuf dessins par ou attribués à S. de Vlieger, P. Teste, Baudins, etc.

48 — Sujets divers, dix dessins par ou attribués à Zucchawo, Ghezzi, etc.

49 — Sujets divers, douze dessins par ou attribués à Tempesta, Quellinuo, etc.

50 — Sujets divers, onze dessins par ou d'après Cangiage et autres.

51 — Sujets divers, quatorze dessins par ou attribués à Latsman, Stradam, etc.

52 — Sujets divers, par ou attribués à Van der Meulen et autres.

53 — Sujets divers, dix-sept dessins attribués à divers artistes.

ECOLE FRANÇAISE XVIIIe SIECLE

54 — Le Départ pour le sacrifice. — Le Sacrifice, deux dessins à la sanguine. Encadrés.

ROBERT (Hubert)

55 — Restes d'un Temple. Contre épreuve de sanguine.

TENIERS (David)

56 — Scène d'intérieur. Crayon.

VERDIER (F.)

57 — Sujets de l'histoire ancienne, huit dessins.

DIVERS

58 — Un album contenant quatre-vingt quinze dessins anciens.

TABLEAUX

BESSÈDE

59 — Pierrot chanteur.

Toile signée à gauche en bas et datée 1894.

Haut.: 1m15; Larg.: 0m84.

60 — Le Petit espiègle.

Toile signé à gauche en bas et datée 1896.
Haut.: 1m17; Larg.: 0m80.

61 — Marchande de plaisirs.

Toile signée à gauche en bas et datée 1895.
Haut.: 1m16; Larg.: 0m80.

BOILLY (Genre de)

62 — Portrait d'homme en redingote.

Toile. Haut.: 0m21; Larg.: 0m16.

BOURGUIGNON (Attribué au)

63 — Scène de bataille.

Toile. Haut.: 0m61; Larg.: 0m80.

DIAZ (Genre de Narcisse)

64 — Sous bois.

Toile. Haut.: 0m32; Larg.: 0m40.

DELACROIX (Attribué à Auguste)

65 — Frégate et voiliers à l'entrée d'un port.

Toile. Haut.: 1m38; Larg.: 1m60.

LECLERC DES GOBELINS (Ecole de)

66 — Nymphes dans la forêt.

Panneau. Haut.: 0m36; Larg.: 0m47.

MEULEN (Attribué à Van der)

67 — Perspectives de châteaux.

Deux toiles. Haut.: 1m49; Larg.: 1m75.

MEYER (Genre de Constance)

68 — Portrait de femme en toilette rouge drapée de brun.

Toile. Haut.: 0m36; Larg.: 0m29.

MIGNARD (Ecole de)

69 — Portrait de femme en riche costume brodé.

Toile médaillon.
Haut.: 0m36; Larg.: 0m29.

70 — Portrait de femme en costume décolleté, drapée dans un manteau vert bordé de fourrures.

Toile médaillon.

Haut. : 0m40 ; Larg. : 0m30.

MIGNARD (Ecole de)

71 — Le Bon conseil.

Toile. Haut. : 0m44 ; Larg. : 0m36.

MONNOYER (Ecole de

72 — Vass de fleurs.

Toile. Haut. : 0m89 ; Larg. : 0m65.

PIERRE (Attribué à J. B.

73 — Laveuses et Pêcheurs au bord d'un cours d'eau.

Toile. Haut. : 0m63 ; Larg. : 1m10.

PILLEMENT Genre de

74 — Paysans dans un site accidenté.

Toile médaillon.

Haut. : 0m76 ; Larg. : 0m63.

QUADRI (Tony)

75 — Enfants assis sur la margelle d'un puits.

Toile signée à droite en bas et datée 1908.
Haut.: 1 m.; Larg.: 1 m.

SUBLEYRAS (Genre de)

76 — L'Annonciation.

Toile. Haut.: 1m09; Larg. : 0m88.

TENIERS (Ecole de)

77 — Le Maître d'école.

Toile. Haut. : 0m42 ; Larg. : 0m59.

TENIERS (Genre de)

78 — Buveurs et danseurs.

Toile. Haut. : 0m37 ; Larg. : 0m71.

TIEPOLO (Genre de)

79 — Saint Vincent de Paul et la Vierge.

Toile. Haut. : 1m26; Larg. : 0m66.

VERNET (Ecole de Joseph)

80 — Marine.

Entrée d'un golfe.

Deux toiles se faisant pendant.
Haut : 0m63; Larg. : 1m38.

WOUWERMAN (Ecole de)

80 *bis* — Choc de cavaliers.

Convoi militaire en route..

Deux toiles se faisant pendant.
Haut. : 0m67; Larg. : 1m39.

ECOLE ALLEMANDE

81 — Adam et Eve et les premiers hommes.

Panneau. Haut. : 0m23; Larg : 0m30.

ECOLE FRANÇAISE XVIIe SIECLE

82 — Sujet tiré de l'Histoire d'Alexandre.

Panneau. Haut. : 0m56; Larg. : 0m73.

83 — Portrait d'homme à collerette.

Cuivre. Haut. : 0m30; Larg. : 0m24.

ECOLE FRANÇAISE de 1830

84 — Le Coucher.

Toile. Haut. : 0^m61 ; Larg. : 0^m41.

85 — Les Deux galants.

Toile-médaillon.
Haut. : 0^m40 ; Larg. : 0^m31.

86 — Effet de clair de lune.

Toile. Haut. : 0^m45 ; Larg. : 0^m79.

ECOLE FRANÇAISE

87 — Versailles.

Toile. Haut. : 1^m10 ; Larg. : 1^m62.

88 — Vénus et l'Amour.

Toile. Haut. : 1^m19 ; Larg. : 1^m72.

89 — Natures mortes.

Deux toiles. Haut. : 0^m32 ; Larg. : 0^m39.

90 — Le Portrait d'un philosophe.

Toile. Haut. : 1^m63 ; Larg. : 0^m51.
Cadre doré à fruits.

91 — Sujet galant.

Panneau. Haut.: 0^m24; Larg. : 0^m33.

92 — Nature morte.

Toile. Haut. : 0^m60; Larg.: 0^m44.
Cadre doré à volutes.

93 — Neptune et Amphitrite.

Toile. Haut. : 1^m45; Larg.: 3 m.

94 — Portrait de jeune fille lisant.

Toile ovale. Haut. : 0^m80; Larg.: 0^m63.
Cadre doré à fleurs.

ECOLE HOLLANDAISE

95 — Paysage accidenté animé de figures.

Toile. Haut. : 0^m85; Larg. : 1^m14.

96 — Les Amateurs de sculpture.

Toile. Haut.: 0^m64; Larg.: 0^m79.

97 — Le Repas du chat.

Panneau. Haut. : 0^m29; Larg. : 0^m27.

ECOLE ITALIENNE

98 — Sainte Madeleine repentante.

Toile. Haut. : 1m18; Larg. : 0m80.

90 — Le Christ en croix.

Panneau. Haut. : 1m04; Larg. : 0m71.
Cadre doré de style gothique.

100 — La Naissance de l'Enfant Jésus.

Toile. Haut. : 0m80; Larg. : 0m63.

101 — La Vierge et l'Enfant.

Toile. Haut. : 0m88; Larg. : 0m72.

102 — Saint Bruno prêchant.

Toile. Haut. : 0m60; Larg. : 0m82.

ECOLE VENITIENNE

103 — Sujet tiré de l'Histoire romaine.

Toile. Haut. : 0m75; Larg. : 0m44.

ECOLE MODERNE

104 — La Causette sur l'herbe.

Toile. Haut. : 0m44; Larg. : 0m53.

105 — Le Repos des moissonneuses.

Toile. Haut. : 0m41 ; Larg. : 0m27.

106 — Vaches traversant un ruisseau.

Toile. Haut. : 0m70 ; Larg. : 0m89.

INCONNU

107 — Oiseaux morts et vase de fleurs sur une dalle.

Deux toiles se faisant pendants.
Haut. : 0m67 ; Larg. : 0m52.

108 — Bergère et son troupeau dans les montagnes.

Toile. Haut. : 0m70 ; Larg. : 0m89.

109-110 — Lot de tableaux de différentes écoles.

Sera divisé.

111-112 — Lot de cadres en bois sculpté et doré.

Sera divisé.

113 — Objets omis.

RED. :

16

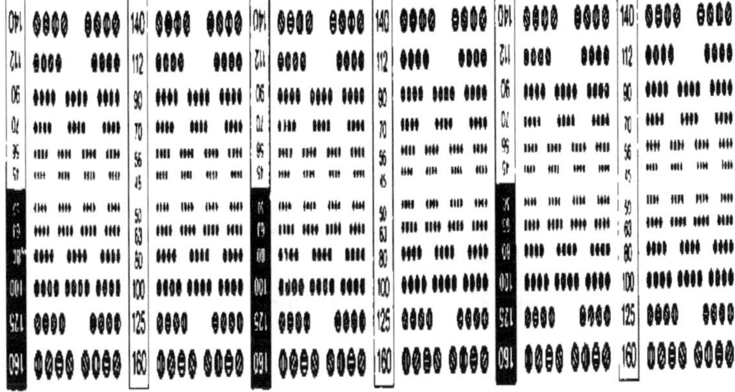

0 1 2 3 4 5 6 7 8 9 10

www.ingramcontent.com/pod-product-compliance
Ingram Content Group UK Ltd.
Pitfield, Milton Keynes, MK11 3LW, UK
UKHW020227180726
13838UKWH00005B/2245